지금 나는 마취 중이다

이 도서의 국립중앙도서관 출판시도서목록(CIP)은 e-CIP 홈페이지
(http://www.nl.go.kr/ecip)에서 이용하실 수 있습니다.
(CIP 제어번호 : CIP2011002850)

# 지금 나는 마취 중이다

글쓴이 / 황미광
펴낸이 / 孫貞順
펴낸곳 / 모아드림

1판 1쇄 / 2011년 7월 22일

서울 서대문구 북아현3동 1-1278
전화 / 365-8111~2
팩시밀리 / 365-8110
E-mail / morebook@morebook.co.kr
http://www.morebook.co.kr
등록번호 / 제2-2264호(1996.10.24)

ⓒ황미광
ISBN 978-89-5664-148-5

값 8,000원

모아드림 기획시선 133

# 지금 나는 마취 중이다

**황미광 시집**

**모아드림**

"여기는 지구의 끝"이라는 숙제를 다한 듯한 푯말을 본 적이 있습니다.

당신은 이제 다 왔습니다.
더 이상 갈 데가 없습니다.

여기는 내가 가진 시간의 끝이라는 푯말도 분명 기다리고 있는데 휩쓸리며 살다보니 "참" 하고 싶었던 일을 이제야 하게 되었습니다.
집보다 시집 하나 갖고 싶었는데 집은 몇 번씩 바꾸면서 시집은 이제야 갖추니 오랫동안 굴러다니던 미안한 시들한테 늦게나마 화해를 청합니다.
시를 모아 놓았다고 다 시집이 되겠느냐고 주저하는 마음 위에 사랑과 격려를 아끼지 않은 가족과 지인들에게 감사를 전합니다.

시를 좋아하는 여자의 모든 부족한 점을 사랑으로 감싸주는 봉호씨, 언제나 최고입니다.

해설과 추천의 글로 세상에 보내준 김종회, 홍용희, 김기택 선생님과 예쁜 집을 지어주신 모아드림 출판사 손정순 대표에게도 고개 숙입니다.

아직도 주어진 시간의 끝이 먼 것만 같지만 이제 열심히 시인의 이름으로 살고 싶습니다.

바람처럼 지나가는 세상에 바람과 인사 할 수 있는 일을 하고 있어 참 행복합니다.

2011년 6월, 또 한번의 생일날
황미광

# 차 례

## 2부 뉴욕 한국 여자

## 3부 지금 나는 마취 중이다

## 4부 가을 이야기

## 5부 눈이 찾아와

# 1부
# 매미의 약속

내가 아주 없어도 계속 울겠다는
그 사랑의 약속 믿어도 좋을까

# 바다

잠자는 바다를 밀며
배가 떠난다

저 질긴 생명줄 아래
무수한 태초의 것들

덮고, 덮고 또 덮어
한 치의 빈틈도 없이 가리고

태연한 얼굴로
달빛을 먹는다

아무 일도 없는 듯
파도 한번 출렁인다

너무 조용해서
알 수 없는 너

두꺼운 얼굴로
누워 있는 검푸른 깊이

잠자는 바다를 열고
내가 들어간다

# 명태

나 태평양 건너올 때
한 마리 명태였어라

동해 바다 햇살로 자라
석양을 모르는 명태였어라

삶의 굽이굽이
얼룩진 골목마다

북어 살 찢겨나듯
내 몸 내어주고

주저앉은 세월 위에
그래도 축복

노가리 품은
가난한 가슴

비도 오고
눈도 왔지만

변하지 않던
한 가지 있어

아, 나는 명태
동해 바다 햇살만 먹었어라

건너온 세월
너무 길면

코다리 되더라도
돌아가리라

수많은 이름으로 나를 불렀어도
나는 동해 바다에서 온 명태

해 뜨는 나라에서 왔어라

# 배로우에서 만난 김씨

샌프란시스코에서 알라스카 배로우까지 와서
북극곰 쓸개와 물개 내장을 팔고 있는 김씨를 만났다

백야의 하늘이 뿌우연 새벽
김치찌개 식당에서 만난 김씨
세상일에 두 눈 감고 있었다

멋대로 가위질한 머리
그의 안주머니 깊은 곳에서는
쓸개 빠진 죽은 곰보다
더 고약한 냄새가 숨어 있었다

부모 형제 어디다 묻어 놓고
삭풍 겨울 이 땅에 혼자 왔을까

밤낮이 구별 없는 이곳에 오면
허기졌던 과거도

눈 속 깊이 덮일 줄 알았을까

그의 눈동자 깊은 곳에서
흔들리는 시간의 소음들이
아직도 내 귓전에 울리고 있다

# 매미의 약속

매미는
벌써부터 울고 있었다

나 때문에
우는 것이 아니라고

아주 그전부터
울고 있었다

내가 없어도
계속 울겠다는

매미의 약속
믿어도 될까?

그 사랑의 약속
믿어도 좋을까?

내가 아주 없어도
계속 울겠다는

내가 아니라도
처음처럼 계속 울겠다는

# 만남 1


비 오시는 날
하늘은 바다가 되고
바다는 하늘을 닮아가는
그 자리에 찾아간다

네가 내가 될 수 없고
내가 네가 될 수 없지만

바다와 하늘이 하나 되어
얼싸안은 그 자리에 서서

서로의 그리움
하늘까지 치솟아

비가 되어 바다를 만난
하늘의 마음을 배운다

내가 너일 수 없고
네가 나일 수 없어도

너는 이미 내 마음속에
비가 되어 내린다

# 만남 2

나와 너의 만남이
소중한 것은
우리가 되기 위함이다

낮과 밤이 만나
하루가 되고

여름과 겨울이 만나
한 해가 되듯이

아주 다른 너와
아주 다른 내가 만나
하나가 될 수 있기 때문이다

헤어지는 시간이 두려운 것은
이미 우리가 되었기 때문이다

# 탈출

제대로 쉬지도 못한 채
휴일이 끝나고

제대로 잠도 못 자고
아침을 맞았다

제대로 알지도 못한 채
시작된 사랑인데

이대로 그냥 따라만 가면
탈출은 절대 불가

하늘 한 조각 바다 한 주먹
움켜쥐고

으라차차
두 눈 감고 뛰어 내렸다

# 불면 1

언제나 이맘때면
새벽이 일어서는 소리
풀벌레 울음타고 들려온다

남아있는 밤기운 몰아내며
눈부신 햇살이
집집마다 달려온다

어제의 피로
고달픈 육신에
아직도 생생히 감겨 있는데

날 보고 풀잎처럼
일어서라 한다

채 눕혀 보지도 못한
무거운 머리 향해
새날을 맞으라고 재촉한다

# 불면 2

새우처럼 다리를 굽혀도
하늘보고 만세를 해도
감은 눈꺼풀의 안쪽에서 다시 불이 켜진다

하나 이것 하기
둘 저것 하기
셋 그것 하기

넷 이것도 하기
다섯 저것도 하기
여섯 그것도 하기

계획표를 다 짜고
다시 새우가 되어본다

또 아침이다

# 첫사랑 1

한 계절 비운 가지
첫 눈을 못 이긴다

휘어진다

아무도 없던 빈 마음
네가 들어왔다

무너진다

오장육부가
다  녹아내린다

# 첫사랑 2

그 쪽으로 자꾸 가면
네 마음이 있는 줄 몰랐다

고향처럼
익숙한 길 있어

꿈결처럼
따라 갔다

돌아오는 길
걱정하지 않는다

일방통행
거기가 끝이다

# 석양

마지막 가는 길이
이리 아름답다면
정녕 마지막이 아니리니

네가 비운 자리
그 달콤한 추락의
유혹을 잡고 있다

# 하루 한때는

하루 한때는 오롯이 혼자이고 싶다
서산에 해 걸려 차마 못 넘어가는 시간

하늘과 땅이 하나 되어
차마 못 갈라서는 시간

살아온 모든 것
송두리째 그 속에 밀어 넣고

그 짧은 몸부림을
고스란히 혼자 맛보고 싶다

하루 한때는 적어도 하루 한때는
내 눈으로 보고
내 귀로 듣고

그리고
내 가슴으로 말하고 싶다

시간도 못 넘어가고
후회도 머뭇거리고
모든 것이 주춤주춤

아직은
방향을 바꿀 수 있는 지금

나를 보아라
이렇게 붉게 타들어 가는 것도 잠깐
이렇게 뜨거운 것도 잠깐

모든 것 찰나에 사라질 바로 이 순간에
심장은 터질듯이 쿵쿵대고

비로소 나는 내가 되어
저 눈부신 노을로 온몸을 휘감고
갑자기 밝아지는 세상으로 뛰어들고 싶다

## 2부
## 뉴욕 한국여자

태평양 건너오며 훌쩍 벗은 흰 치마자락

꿈마다 깃발처럼 펄럭이는데

# 봄이 오는 길 1

저 깊은 얼음장
기어이 봄이 되는 아픔

매서운 바람
빈 가지 떠나지 않아

봄이 앉을 자리
아직 없는데

그 누구를 위해
꽃으로 다시 오나

그 무엇을 위해
잎으로 다시 오나

높은 향기
홀로 고고한데

그것조차 더욱 슬퍼
가슴 메이는 매화 등걸

봄이 온다고
무엇이 달라지랴

님이 온다고
무엇이 달라지랴

어렵게 피운 분홍 잎사귀
아무에게도 주지 말아라

# 봄이 오는 길 2

애미야, 개나리가 들고 피네
돌아가신 시어른은
봄 인사를 이렇게 했다

光아, 또다시 잔인한 계절이다
먼저 간 오빠는
봄마다 편지를 써 보냈다

봄을 알려주던 사람들
이제는 소식 없고

아직 녹지 못한 눈뭉치들
저들끼리 살 비비며
음지마다 살아있는데

봄은 혼자서 잘도 오고 있다
얼음장 디밀고서

꽃을 피우겠단다

지난 해 못다한 사랑
다시 시작하겠다고

한 치의 빈 땅 없이
푸른 숨을 쉬고 있다

# 어머니의 꽃밭

고향 땅 한 자락
치마폭에 싸안고
미국 오신 어머니

봄이 채 열리기도 전에
땅 파고 흙 일구어
잉태를 시작한다

자식들 밥상 위에
몸소 찾아오시고자

깻잎 되고 호박 되고
미나리 되고 오이 되는

어머니의 여름은
짧기만 하다

농익은 고추와 몸통 굵은 가지
햇살 아래 곱게 반짝이는 날

그제야 허리 한 번 펴고
하늘처럼 웃는 어머니

아름다운 뉴욕시 정원상 받으며
미국 시장과 악수하던 날

빛난 상패 안은 주름진 얼굴
환하게 신문에 떠오르고

어머니의 꽃밭에선
자식들이 웃는다

너무 바빠 죄스런 자식들
찾아오지 못하는 텅 빈 주말에도

어머니의 꽃밭에선
여전히 자식들이 자란다

* 1990년 딘킨슨 뉴욕 시장으로부터 아름다운 뉴욕시 정원상을 수
상하신 돌아가신 시부모님 생전에 이 시를 낭송해 드렸다. 자식들의 식
탁을 늘 사랑으로 풍성하게 해주셨던 부모님을 그리워하며 우리들의
소식을 하늘나라에 전한다.

# 플러싱 이야기

그 곳에 이상한 마을이 있다

각자 들고 온 나라말로
문패가 걸린
미로처럼 생긴 골목길에는

닮은꼴의 아이
하나 둘
훈장처럼 붙어 있는 마을

어디엔가 분명 두고 온 꿈 있어
낮에도 꿈 찾으러 헤매는 얼굴 위엔
언제나 중량 초과의 화장품

모퉁이 하나만 비켜 돌아도
낯익은 얼굴 하나 분명 있는데

아무도 가슴 열지 않고
창문마저 꼭꼭 걸린 이상한 마을에 가면
정겨운 모국어만 혼자 떠다니고 있다

* 플러싱: 뉴욕시에서 한국인을 비롯한 이민자들이 가장 많이 몰려
있는 거주 지역 및 상가 지역

# 7번 트레인

뉴욕에 오시거든
7번 트레인을 타십시오

플러싱에서 맨해튼까지
당신의 꿈을 실어 나를
7번 트레인을 타십시오

다른 나라 신문들로
나란히 얼굴 가리고 달려가다
마침내 뿔뿔이 헤어지는 종점에서

당신이 애초에 껴안아야 했던
외로움을 만나십시오

뉴욕에 오시거든
7번 트레인을 타십시오

맨해튼에서 플러싱까지

당신의 지친 몸을 누이고 갈

연인의 손길처럼 따뜻한
7번 트레인을 한 번 타보십시오

언어가 통하지 않는 옆사람과
눈길 한 번 주지 않고
슬며시 사라져 가는 그곳에서

한 세상 살다 헤어지는 연습을
미리 해보십시오

날마다 다시 만나도
우리가 되지 않는 사람들과
매일 헤어지면서

고향으로는 결코 가지 않는
7번 트레인을 한 번 타 보십시오

# 타향살이

한 번도 본 적 없는 사람이
반가운 얼굴로 다가온다

알아들을 수 없는 말로
짧은 인사를 던지고
두툼한 손을 내밀어 악수를 한다

별 수 없이 그 손아귀에 들어간
내 오른손이 잠깐 서먹하다

무슨 말을 해야 할지 더듬는 동안
성큼성큼 그 사람은 떠나간다

그림자조차 낯선 사람이다

혹시 되돌아올까 겁이 나
얼른 자리를 떠난다

매일 만나는 그사람을
나는 한 번도 본 적이 없다

# 아침 풍경

밤의 얼굴을 채 떨구지 못한
이른 새벽의 한 자락을 밟고

플러싱 유니온 상가*를 더듬어 가면
인적 드문 길 위에
지난 밤 아우성 소리 아직 남아있다

네온사인 휘청했던 밤의 토막들은
아무렇게나 거리에 풀어져 있고

찢어진 포장지 사이
풀어진 얼굴들

하나 둘 햇살을 받아
하루살이로 다시 태어난다

어설픈 미소로 나누는 굿모닝 속에

아침신문 한 장 바삐 커피에 말아 마시고
왔던 길을 되짚어 총총 헤어지는 시간

낯익은 얼굴들 서로 비껴가며
새로운 하루를 열고 있다

*뉴욕 한인 밀집지역 중 하나

# 모국어 타령 1


내 나라 떠나올 때
모국어만 가져왔다

가방마다 따라나선
가 자 가 자 나 도 가 자

삶의 고비마다
아 야 어 여 후 유 후 유

영어는 못 배워도
한국어는 잊지 말자

아이들 크고 보니
그래도 반벙어리

내 나라 돌아갈 때
모국어만 따라가네

수십 년 살았어도
남의 말은 외국어

어머니 아버지
손때 묻은 나라말

나 도 너 도 모 두 모 여
가 나 주 고 다 라 오 고

# 모국어 타령 2

이 땅에서 친구는 모국어다
마침표, 쉼표 찍지 않고
형용사 동사 틀려도
그냥 넘어가는 모국어다

아버지 가신 날
꺼억꺼억 모국어로 울고 나서
슬픔은 모국어로 온다는 것
새삼 알게 되었다

이 땅에서 모국어는 친구다
찾는 이 아무도 없는 날
하루 종일 내 옆을 맴돌며
잘 때도 꿈 꿀 때도 떠나지 않는 친구다

엄마 가신 날
내 모국어의 젖줄이 끊기던 날

처음 배운 모국어
엄마만 되씹었다

# 뉴욕 한국여자 1


뉴욕 사는
한국여자들은
밤이면 밤마다
검은 옷을 입는다

젊음과
사랑의
영원한 불씨가 숨겨진
검은 옷을 입는다

가장 화려하게
가장 눈부시게
빛나는 여인으로 남기 위해
검은 옷을 입는다

링컨 센터의
휘감긴 계단을

끌며 내려오기에도

브로드웨이에서
미스 사이공의
죽음을 애도하기에도
검은 색이 제격이다

태평양 건너오며
훌쩍 벗은 흰 치마 자락
꿈마다 깃발처럼 펄럭이는데

꼭꼭 숨어라
숨바꼭질하느라
날마다 날마다
검은 옷을 입는다

# 뉴욕 한국여자 2

세탁소 하는 친구
권총 강도를 당했다

빨래뭉치 속에 숨겨진 총구 사이로
"엎드려" 외마디가 귀에 울렸다

이마 위로 쏟아지던 새벽잠과
어깨로 받쳐온 수고의 세월

어지럽게 먹칠 되어
부서지고 무너진다

서툰 솜씨에 돈만 챙겨 갈 것이지
멋모르고 움켜진 핸드백이 문제였다

건드릴 수 없는 자존의 문 그제야 열려
권총이 무엇인지도 잊어버린 채

빌딩숲 사거리로 뛰쳐나와
햇살 부서지는 아스팔트 딛고 서서

"내게 손대지 말아요.
이방인의 언어로 나를 위협하지 말아요."

소리는 길목마다 가득 차
혼자 바쁜 맨해튼을 정지시켰다

엠파이어 스테이트 빌딩이 굽어다 보고
트럼프 타워 플라자가 길을 막아

친구의 꿈은 망가지지 않고
한결 탄탄해진 색깔로 되돌아왔다

뉴욕 사는 한국여자 몰라본 죄로
장난감 권총 강도
서툰 인생 먹칠하고

내 친구 이름 석 자
경찰서에 안치됐다

# 노란불 1

빨간 불과 파란 불 사이
노란 불을 만났다

벌떡이며 달려오던 야수떼들
비실비실 미끄러지듯 멈춘다

아주 잠깐 적의를 풀고
가쁜 숨결을 고른다

고향을 언제 떠나 왔는지
이제 모른다

파르르 떨리는 눈꺼풀
그저 잠시 감았다 뜰 뿐

때로는 조금 길게
때로는 아주 짧게

댕그렁 걸려 있던 노란 불
빨갛게 익었다 또 그렇게 사라지면

거친 숨결
한 구멍 향해 머리 내밀고

일제히 달려 나간다
지도에도 없는 길을

# 노란불 2

빨간 불과 파란 불 사이
노란 불이 떴다

갈까 말까
한번은 서고 한번은 간다

선만큼 잃은 걸까
간만큼 남은 걸까

빨갛지도 파랗지도 않은 지금
가야하나 서야하나

빨간 불과 파란 불 사이
언제나 노랗다

# 부부

갈비와 냉면처럼
뜨겁고 찬 것끼리 만나

무와 고추처럼
하얗고 빨간 것이 만나

서로가 밥이 되어
나도 없고 너도 없고

# 3부
# 지금 나는 마취 중이다

내가 마취 중에 깨어 있음을

누군가에게  알리고 싶은데

누가 보고 있을까

# 병상 일지 1

도대체가 병명을 모르니
도대체가 처방도 모르고

하릴 없이 먹는 진통제와 해열제
내 목숨 여기까지인가

어린 아들 딸
그리고 남편

단 하루만 건강이 주어진다면
버리지 못한 뒤숭숭 잡동사니
훌훌 버리고 다시 돌아와 눕고 싶은데

주렁주렁 달린 주사바늘들
외출 불가라고 일러주는 듯

아득히 고여 오는 눈물 사이로

못다한 사치 한 가지 따라 오네

나 죽고 나면 유고 시집 한 권
그 누가 맡아 주지 않겠소

* 2000년 4월 맨해튼 마운트 사이나이 병원에서

# 병상일지 2


그 병원에서
무슨 일이 일어나는지 아세요?

밤이 되면 기다렸다는 듯
소리치는 할머니들

받지 않는 전화벨처럼
끊임없이 반복되는 두 음절

헬_____프
헬---------프

내 팔의 주사 바늘 빼 놓고
이 방 저 방 다니며

메이 아이 헬프 유?
아 유 오케이?

기저귀 갈아 주세요
전등불 켜 주세요

병명도 모른 채 들어온 이 병원에서
가장 멀쩡한 환자인 나는

밤이 되면 부시시 돌아다닌다
간호사들 알세라 몰래 몰래 돌아다닌다

# 지금 나는 마취 중이다

지금 나는 마취 중이다
깜깜한 땅 속에 씨앗 하나 박혀 있듯
죽은 듯 가만히 있어야 한다

네 시간 만에 깨어나야 하는 마취가
너무 일찍도 안 되고
안 깨어나면 더욱 안 된다

정해진 시간에
모두가 기다리는 시간에
그때 비로소 깨어날 수 있는 것이다

그런데 내가 마취 중인 것을
나는 어떻게 알고 있는가

언어도 동작도 정지되고
깨어나는 것이 반칙인 세계에서

나를 마취한 자들과의 약속을 지키려면
나는 아직도 마취 중이어야 한다

허공에 글씨를 쓴다

내가 마취 중에 깨어 있음을
누군가에게 알리고 싶은데

누가 보고 있을까

# 병실 풍경 1

그 방에는
모국어만 넘실댔다

어떤 이방인도
모두 알아들을 수 있는
세 마디 음절

태어날 때부터
누구나 배우고 나온

느낌표와 쉼표
그리고
마침표

그 방에서는
모두
각자가 싸들고 온
모국어만 앓고 있었다

# 병실 풍경 2

모르는 사람끼리
참으로 천연덕스럽게
한 방에서 잠을 잔다

커튼 하나로 모든 것 가리고
이름도 성도 모른 채
서로의 고통도 모른 채

살아온 길 다르듯
갈 길 또한 다르기에

언제라도 가볍게 헤어질 사람
나란히 마주 누워

다른 말로 꿈을 꾸며
한 방에서 잘도 잔다

# 언어 상실

시 속에서 길을 잃었네

사방이 높은 나무네

날은 어두워지는데

목소리조차 잠겨 소리도 지를 수 없네


한 번도 와 본적 없는 곳에서

언어를 잃고 말았네

별은 쏟아지는데

아, 한 발짝도 나갈 수가 없네

# 잃어버린 시

지난 밤 꿈속에서
시 한 수를 받았다

흡족한 마음에
베갯머리 새겨두고

아침에 일어나니
간 곳 없는 그 시 한 수

어디 가서 찾아오나
애통하고 애달프다

# 춘상 春想

봄이 오기가
이리도 힘든 것은

해마다 봄이
나를 통해 왔기 때문이다

내 마음을 갈아엎어
씨 뿌리고 싹을 내어

어느 날
가슴이 뻥 뚫려야

새싹 하나
비로소 고개 내밀 수 있는데

올해도
나의 봄은 더디기만 하다

# 북소리

어느 천년을 넘어서
나에게 왔는가

高僧의 손등
힘줄 한번 불끈 솟아

두 우 웅 두 두 둥
내 이마를 두드리네

온 몸에 소리 담고
내려오는 통도사*

나도 한번 북이 되어
네 가슴을 울려볼까

山寺의 고적함
가는 길에 꽃이 되네

*통도사: 646년 신라 선덕여왕 때 창건, 대한민국 3보 사찰 중 하나

# 빈틈

세상 모든 빈틈으로
물이 흘러갑니다

내 몸 사이 빈틈으로
생각이 다닙니다

너와 나 사이 빈틈 있어
사랑이 숨 쉽니다

말과 행동 빈틈으로
용서가 있습니다

빈틈과 빈틈 사이
또 하루가 찾아옵니다

## 사모곡思母曲

엄마 가시고
어머니도 떠나시고

한 해에
두 분이 가셨습니다

가신 후 되짚어 보는
따뜻했던 그 자리가

장마철 몸살처럼
등골이 시립니다

습관처럼 걸어보는
전화 번호 너머로

천국에서 들려오는
음성이 환합니다

오늘은 전화국에 신고해야지
마지막 전화를 걸어 봅니다

빈 집에 울릴
전화 소리에

미안합니다
사랑합니다

영원한 문자메시지
남겨 둡니다


* 2009년 한해에 친정어머니와 시어머니가 하늘나라로 가셨습니다.
천국에서 편히 쉬옵소서! 기도해 주신 모든 분께 감사드립니다.

## 오빠 생각

죽은 자의 제삿날보다
생일을 더 쉽게 기억해 내는 것은
살아있는 자의 욕심 때문이다

한 번도 떠나보내지 못한 이별 앞에서
온갖 이름으로 오빠를 부르면
죽음의 시간은 언제나 제 자리에 머문다

죽은 자의 제삿날보다
언제나 나를 더 슬프게 하는 것은
한 번도 잊혀지지 않는 죽은 자의 생일이다

# 4부
# 가을 이야기


나의 가을은


당신을 위해 빈 하늘입니다

# 낙엽

삶의 반 고비 훌쩍 넘기고도
가을의 깊은 맛
아직 모른다 합니다

보고 온 세상 너무 아름다워
나무에서 내려올 생각도
없다 합니다

버리고 가는 길
팔랑 팔랑
저렇게 가벼워야 하는데

주렁주렁 내 긴 꼬리
무겁기만 합니다

마지막 이름 위해
온갖 색을 버리는

낙엽 밟히는 계절이
옷깃을 여미게 합니다

# 나무

만 가지 상념을 땅 밑에 파묻고
대지를 끌어안은 그대 나무여

그 거친 살갗 속으로
얼마나 많은 눈물 흘렸기에
말갛게 씻긴 연두빛을 쏟아 놓는가

하늘을 향해 오르는 자만이
넉넉한 그늘 베풀 수 있음을
온 몸으로 서서 가르쳤건만

아, 이 가을에
그 누구의 그늘도 한 번 되어주지 못한 채

또 한 번의 낙엽이 되어
홀로 뒹구는 재주만 늘어 가는구나

# 가을 이야기

감나무인지 몰랐던
집 앞 나무 하나

혼자 익어
가는 발길 붙잡고

배부른 가을 나무
철새 기웃대며 떠날 때

나의 가을은
당신을 위해 빈 하늘입니다

비워야 채워지는
단순한 섭리가

한참을 살아도
이리 어려운데

가을은 하늘을 온통 비우고
지나가는 구름 한 점 무심치 않고

온갖 모양으로
다듬어 줍니다

# 가을산

이 몸 태운다면 저렇듯 향기로울 수 있을까
이 몸 태운다면 저렇듯 눈부실 수 있을까

산 하나가 제단이 되어
모두를  용서하는 시간

지난 허물 다 불 태워
한 가슴에 끌어안고

나무도 아닌
숲도 아닌

붉고도 노란
사랑으로 남으리라

단풍도 아닌
낙엽도 아닌

그냥
산으로 남으리라

# 가을날의 약속

온통 바람뿐인 가을날
가장 자유로운 영혼이 되기 위해서는
스스로 바람이 되어야 한다

어떤 만남도 외면하지 않는
거리의 바람이 되어
오가는 이의 마음을 열어야 한다

온통 바람뿐인 가을날
가장 자유로운 육신이 되기 위해서는
스스로 낙엽이 되어야 한다

어떤 만남도 뿌리치지 않는
골목길 낙엽이 되어
가장 외로운 얼굴을 익혀야 한다

그리하여

가장 자유롭기 위해서는
언제나 바람처럼 떠나기 위해서는

한 줌 낙엽도
무거운 가슴처럼
내려 놓아야 한다

# 가을 기도

지금은
올라간 만큼 내려오는 계절
받은 만큼 돌려주는 계절
가을입니다

하늘 끝에 달려
당신을 기다리던
잎새 하나
땅으로 내려옵니다

당신을 만나기 위해
그 숱한 날
뜨거운 땀 흘리며
여름을 지켰습니다

눈부시게 빛나던
저 높은 자리에서

아무리 기다려도
볼 수 없던 당신을

온 몸으로 구르는
낙엽이 되어서야
언제나 그 자리에
당신 계심을 알았습니다

내 한 몸
붉게 태우느라
그 높은 곳에 매달려
애태우던 시간에도

당신은
내가 머물 곳에
이미
와 계셨습니다

# 사랑의 이름으로

눈 온 다음날
세상이 녹기 시작합니다

하얀 분노 천지를 다 가려도
녹고 또 녹아
내 마음도 녹기 시작합니다

서릿발처럼 드센 기세
하늘땅 단숨에 뒤덮었는데

녹으면서 울면서
사랑의 이름으로
사라져 갑니다

온몸에 퍼부었던
짧은 사랑 그리워

녹다만 눈덩이 하나
두 손에 받쳐듭니다

나마저 녹으면
세상에 녹지 못할 것
아무 것도 없다고

내 귀에 속삭이고
사라져 갑니다

# 기다림

눈이 올 것 같은 날 오시는 비
비가 올 것 같은 날 오시는 눈

네가 올 것 같은 날
오지 않는 것처럼
인생은 영 삐딱한 약속

바람은 사방에서 약속 없이 불어와
지상의 모든 창문을 흔들고

우리들의 약속은
오늘도 무효

눈이 올 줄 알았는데 오시는 비
비가 올 줄 알았는데 오시는 눈

네가 오지 않으면

내가 가도 되는데

올 수 없는 너를 기다리며
눈이 되라고
비가 되라고

## 이과수* 예찬

지도 한 끝에 붙어있는 너를
이렇게 만날 줄은 몰랐다

천지 창조 태초의 그 날
창조주 마지막 쉬면서
세상 남은 물
한군데 퍼부었으니

수만 년 굳건히 서서
하늘에서 왔음을
온 몸으로 선포하는구나

숨 쉬는 너의 얼굴
모든 살아있는 자 위한
엄숙하고 푸르른 계명

낮은 데로 흘러가야
기쁨 온다는

하늘의 약속
새삼 깨닫게 하여라

누구나 신의 존재를
가슴으로 고백하는 자리
맑고 큰 너의 울음
밤새 나를 일깨워 주노니

일어나라 이과수여
침묵하는 자 말하게 하고
슬픈 자의 눈물
네 품에 쏟게 하라

오, 이과수여!
힘차게 쏟아져라
얼어붙은 차가운 심장
다시 뛰게 하여라

*아르헨티나, 브라질, 파라과이 3개국의 국경에 위치한 세계 최대 폭포

# 골고다 언덕


오, 주여
여기였나이까

당신 고개 떨구신 자리
여기였나이까

이제 다 이루었다
말씀하신 그 자리
여기였나이까

무릎 꿇고 기어들어가
십자가 서 있던 그 깊은 어둠에
내 손을 넣었습니다

손바닥에 닿은
축축한 나의 죄
마르지 않고

아직
거기 있었습니다

# 주례

백년의 약속
오늘 문을 연다

면사포 너풀대며
하얀 신부 들어오고

신랑 얼굴
무작정 용감한데

어둠 물러서고
세상은 연두빛 노래를 한다

태초의  당신 말씀
다시 살아 되뇌니

사랑은 오래 참고

온유하여

마침내 겸손하라

세상 함께 가는 길이
매일 새로운 출발인데

내 기도문에
너희 둘 이름
숙제되어 반짝인다

# 성탄을 기다리며

단 한번 오서서
영원히 사는 이여

낮게 오서서
높은 자 되신 이여

이제 또다시
당신 오신 그 날 기다리며

내 가난한 달력을
넘기는 시간입니다

세상은 다시 한 번
흰 눈을 입고

우리 죄를 위해 못 박힌
당신을 기억합니다

가장 낮은 곳에서
기쁜 소식 되신 이여

당신으로 인해
이번 겨울도 따뜻합니다

# 평창의 밤

지상에 어두움 내리면
대지의 숨소리 들리는 곳

높은 산마루
날아가던 새도 머물다 가네

하늘은 별을 달고 내려와
들릴 듯 말듯 밤새 속삭이며

수고하고 땀 흘린 자 이마 위에
평안을 입 맞추네

밤마다 산이 되어 마을을 지키는
도도한 여신의 누운 가슴 위로

후끈한 달빛 주저앉아
아침까지 비켜주지 않아도

선한 사람들
아무도 질투하지 않는 곳

나그네 이곳에 들어와
길을 잃고 싶어라

무심한 강물 위에
지난 세월 흘려보낸다

*2018년 동계 올림픽 개최 예정지로 관심을 모으는 강원도 평창에
는 그보다 먼저 명소가 된 성 필립보 생태마을이 있다. 서강과 거슬갑
산의 빼어난 경관을 끌어 안은 이 곳은 모두를 위한 쉼터로 환자 요양,
가족 휴가, 단체 캠프등 다양한 프로그램이 준비되어 있다.

# 5부
# 눈이 찾아와

먼 길 가는 내 귓전에

그냥 가느냐고 소복소복

정말 가느냐고 소복소복

# 눈이 찾아와

눈이 산을 찾아와
엄마 옆에 누웠다

한 세상 내려놓은
엄마 자리에

한 겨울 다 보낸
마지막 눈이

푸짐한
백일잔치 떡가루처럼

아무 일도 없었던 양
소복소복

삼우제 마치고
먼 길 가는 내 귓전에

그냥 가느냐고
소복소복

정말 가느냐고
소복소복

# 장례 풍경

누워있는 자는 평화롭다
가로 세로 높이
사방이 잘 맞아 모자람이 없다

앉아 있는 자들
무슨 생각하고 있는가

한때 나의 친구였고 이웃이었고
또는 연인이었고
혹은 가족이었을…

수많은 이름으로 얽힌
인연줄을 잡고
이별을 확인하러 왔다

죽음이 삶보다
한 수 위인 것은

간 곳을 모른다는 것

살아 나눈
수많은 약속
그제야 풀린다는 것

새로운 세상에서 만나
또다시 엉킬
인연을 만들며

모두가 고개 숙여
기도하는 찰나

잠깐 눈을 뜬 그와 마주친다

# 영정 사진

그대 비운 자리
세월이 멈추었다

웃고 있어도
눈물이다

말이 없어도
미안하다

살아온 수고
단 한 장이다

사진 밖으로
훌훌 날아갔다

오늘 그 자유
배우고 싶다

# 미망인

당신 떠난 자리
나비 한 마리 날아옵니다

꽃 비운 자리
향기도 따라 갑니다

머리 위에 앉은 나비
내 가슴에 집을 지었습니다

그대 없는 집
가슴에 지었습니다

# 꽃 한 송이

사망 신고가 끝난 꽃나무 가지에서

어느 밤 혼자 배불러

꽃망울 열리는 걸 보았다


죽은 것이 아니더냐?

모두 죽었다 했거늘


삶과 죽음이

꽃 한 송이

피우는 일이구나

# 앙드레 김이 가던 날

세상은 8월,
당신의 열정처럼
지글거리는 태양

난데없는 바람 날리며
그대 떠나는 길에
눈이 내렸다

패션쇼의 피날레처럼
너울너울 때 아닌 눈이
보내지 못하는
추운 마음 위에 내렸다

평생을 입었던
풍성한 소매의 하얀 옷자락
먼 길 떠나는데 손색 없어라

하얀 미소
자유롭게 떠다닌다

먹물 같던 머리와 두꺼운 화장까지도
당당한 명분을 갖는 시간

그대 돌아보지 않고
하얀 나라로 들어간다

## 묘지에서

이름 모를 사람들 나란히 어깨하고
따스한 햇볕 받으며 평화롭게 누웠다

아하, 당신은 어디서 본 듯한 사람이구려,
전혀 안면이 없는 당신도 참 반갑소

남녀노소 뒤섞여
진실로 자유롭게

가진 것 모두 버리고
참으로 평등하게

이제는 쉴 일만 남았구려,
수고들 많았소

잔잔한 수인사 나누며
영원을 시작하는 시간

저마다 보고 온 세상
한 자락씩 끌어안고

침묵한 자만이 나눌 수 있는
더 깊은 침묵의 이야기

# 소나기

한 번도 쉬지 않고
무섭게 달려온 굵은 빗줄기

드디어 우리 집
지붕 위에 꽂혔다

무엇을 보며 달려왔는가
무엇에 쫓겨 그토록 숨 가쁘게 뛰어왔는가

아무도 붙잡지 못한 세월
혼자 미끄러져 살다가

갑자기 온몸으로 부딪히며
멈춰서야 하는 자리에서

누구나 빗줄기
빗방울 되듯이

한번은 둥글게
세상을 껴안고

그렇게 마지막 인사 나누며
땅 속으로 스며들 것을

# 아직도 꽃 피지 않는 땅

여기는
백마고지

하얀 전설들
수호신 되어
살아 있는 땅

60년 굳은 흉터
새살은 돋지 않고

모든 그리운 단어들
흩어져 떠다니는 곳

슬픈 아리랑 한 자락 깔고
빈 땅 저 너머를 바라본다

지척에 보이는 그림자

얼마나 더 가야
우리가 되는가

너무 가까워
차마 등 돌릴 수 없는
장막 앞에서

아무 인사도 없이
떠나야 하는 시간

역사는 그때처럼
멈추어 있었다

# 포화 속으로*

1950년
8월,

71명 어린 학도병들
포항여중에 이름을 묻었다

군번도 없고
계급도 없이

너는 북에서
나는 남에서
태어났기에

역사의 희생자 된
가슴 아픈 이야기

전쟁을 모르는
뉴욕의 2세들과

눈물을 흘리며
가슴을 저미며

젊은 피로
지켜낸 조국

목숨과 바꾼
반 토막 조국

60년을 넘겨
정말 미안하다고

아직도 하나 되지 못해
더욱 미안하다고

그대, 학도병
고마운 이름이여,

* 2010년 광복절, 6 · 25 60주년 기념으로 뉴욕에서 영화 〈포화 속
으로〉를 공개 상영하여 전쟁을 모르는 2세들에게 큰 홍보가 되었다.

# 잃어버린 봄

이천십년,
한국에 봄은 오지 않았다
자식을 잃은 어미 가슴
겨울바람만 불어오고
지아비를 보낸 젊은 아내는
더 이상 꽃향기를 맡지 못한다

푸른 파도를 닮은 어린 아들아!
아빠는 서해 바다의 망부석이 되었다
누구도 다시는 이 나라를 넘보지 못하게
대한민국의 이름으로 남았다

우리의 죽음을
헛되게 하지 말아다오
두 토막 난 배가
통일의 밀알이 되게 해다오

다시 깨어날 깊은 바다여,
돌아오지 못하는 자들을 품어다오

서해의 별이 된 마흔 여섯 넋이여,
조국 하늘의 빛이 되어 주소서!

어두운 현실 밝히는
새 역사 되어 주소서!

* 2010년 3월26일 천안함 침몰 사건을 어찌 잊을 수 있는가. 46명의
희생자와 그 가족들, 깊은 위로를 드립니다.

# 문학 수업


백년을 몇 번 뛰어
정철 윤선도가 돌아온다
황진이, 성삼문도 들어온다

윤동주, 한용운, 이상화도 불러놓고
이 땅에서 우리는 애국자가 된다

선죽교에서
베이징에서
후쿠오까에서
사라진 이름

오늘 저 교실 뒷자리에 앉아
빙긋이 웃고

하늘은 그날처럼 푸른데
이대로 수업을 마쳐도 될까

조상을 닮아 어진 아들, 딸들아
너희들의 외로운 발자국마다

더 외로웠던 사람들이
함께 손잡고 가니

꿈을 잃지 말아다오
아름다웠던 그들처럼

조용히 떠나는 뒷모습 보며
오늘 수업은 여기까지

# 백년의 꿈

이민 백년사를 쓰다가 깜빡 잠이 들어
백년 밀린 꿈을 꾸었다

백년의 이야기 쉽지 않아
나의 잠은 잘수록 더 깊어지고

꿈속에서 만난 사람들 슬그머니
책 밖으로 나와 하나 둘 사라져 갔다

백 년 전 항구에서
하와이안 댄스 추던 우리들의 할머니

태평양 건너 올 때 벗어 던진
하얀 속적삼 길어 올려

머리에 두건처럼 동여매고
대한민국을 외치고 있었다

주위를 둘러싸고
박수치는 우리 곁에서

자랑스런 아들, 딸
필승 코리아를 노래 불렀다

백년의 이야기 다 듣고 나면
내 꿈도 깨어나겠지만

그 이야기 끝에 너희들 있어
또 다른 백년이 시작된다

# 천의무봉天衣無縫의 상상력과
# 언어의 성찬盛餐

### ― 황미광의 시

김 종 회

(한국문학평론가협회 회장, 경희대 교수)

# 천의무봉天衣無縫의 상상력과
# 언어의 성찬盛餐
## — 황미광의 시

### 김 종 회
### (한국문학평론가협회 회장, 경희대 교수)

　시를 통해 삶과 인간을 말할 수 있을까. 그렇다고 하면
누구나 시를 쓰려 할 것이다. 그런데 제대로 잘 말하기가
지난한 까닭으로 아무나 시를 쓸 수가 없다. 곡식의 낱알
하나에도 농자의 땀과 계절을 넘긴 염려가 배어 있듯이,
좋은 시는 재능과 열정, 수고와 인내의 결실로 이루어진
다. 영남의 한 지방도시에서 성장하여 서울과 중국으로
유학을 하고 오래 전 태평양 건너 미국 땅에 뿌리 내리며
살고 있는 한 시인의 시집을 마주하며, 문득 그 오랜 세월
을 관류한 소녀요 처자요 중장년의 여인을 한꺼번에 목도

한 느낌이다.

뉴욕의 복잡다단한 일상과 태평양을 가로지른 광활한 체험을 바탕으로 시를 쓰는 황미광의 세계는, 정교한 언어 운용에 기댄 지적 조작의 혐의가 없다. 대신 힘 있고 선이 굵은 시상詩想에 독자적인 자기 목소리를 담아 진퇴와 호오를 명료하게 드러낸다. 그의 상상력은 거침이나 망설임이 없고, 사태의 핵심을 곧바로 거양하되 관련 상황에 미치는 눈길이 넓다. 동서고금의 해박을 자랑하면서 그 접촉의 분야가 다양다기하다. 국소의 세부에 해당하는 풀뿌리에 발이 걸려 앞으로 나가지 못하고 멈춘 오늘날의 많은 시들에 비추어 보면, 그의 활달과 헌앙을 두고 '천의무봉天衣無縫'이라 호명하는 것은 그다지 무리한 일이 아니다.

산이 높아야 골이 깊은 법이다. 이와 같은 시인의 면모는 여러 유형의 언어, 여러 모양과 빛깔을 가진 언어들의 잔치를 매설하고, 그 한복판에 선 시적 화자의 '선언'을 당당하게 표방한다. 그 선언은 이를테면 사실성의 포장을 벗어난 자리, 문학성의 유약을 덧입힌 자리에서 그의 삶과 인간을 새롭게 규정하는 방식에 해당한다. 이러한 문학적 방정식을 지속적으로 이끌고 나아감으로써, 그의 시는 일상적 상상력과 생활인의 심경, 생사의 경계와 내

면의 성찰, 궁극의 바닥에까지 도달한 생각의 깊이 등을 현현한다. 이제 보다 구체적으로 지금껏 언급한 그의 시들을 만나볼 차례이다.

제1부 '매미의 약속'은 시인 스스로의 시적 사유와 그 표현의 파장을 마음껏 확장해 본 시들을 묶었다. 바다를 끌어안고 있는 세계 제일의 도시 뉴욕과 뉴욕 사람들, 그들과 나누는 교유와 대화와 사랑의 풍속도, 자신에게 허여된 순간들을 전장의 병사처럼 치열하게 감당하는 시인, 그러다가 불현듯 자기 속의 발화자에게 떠밀려 일상적 삶의 진진한 의미를 운율을 담은 해설로 풀어내고 있는 고급한 형국에 이르렀다. 여러 차례 강산이 바뀌는 성상星霜의 경과 가운데 그처럼 뜨거운 열심으로 산 사람이라면, 약속해 둔 것도 많고 때로는 못미더운 것도 많을 터이다. 마지막까지 조건 없이 믿을 수 있는 인간이란 당초부터 없을 것이기에 그러하다.

매미는
벌써부터 울고 있었다

나 때문에

우는 것이 아니라고

아주 그전부터
울고 있었다

내가 없어도
계속 울겠다는

매미의 약속
믿어도 될까?

그 사랑의 약속
믿어도 될까?

내가 아주 없어도
계속 울겠다는

내가 아니라도
처음처럼 계속 울겠다는

—「매미의 약속」

시인의 '매미' 가 누구인지, 아니면 무엇인지 단정하여 말할 수는 없다. 그런데 그 매미는 나 때문에 우는 것이 아닐 수도 있고, 내가 아니라도 처음처럼 계속 울 수도 있다. 그런데 왜 뜬금없이 내가 없어도 계속 울겠다는, 그 사랑의 약속을 나누었을까? 시인은 매미를 믿을 수 있을까? 이 이율배반적인 언사들의 상충이 지시하는 바는, 그 것이 매미의 태도에 달린 것이 아니라 시적 화자의 심사에 좌우되는 성격의 것이라는 점이다. 아마도 시인은 매미를 믿고 그 믿음이 결정적으로 배신당하지 않는 한 초발심의 결의를 유지할 태세이다. 왜냐하면 이 시집 전반을 관통하여 흐르는 시정신이, 그와 같은 시인의 정신적 궤적을 반영하고 있는 까닭에서이다.

제2부 '뉴욕 한국 여자' 는 이중 문화와 이중 언어의 충격을 겪으며 살아온 재미 한인으로서의 정체성 문제와 가족 이야기, 그러하기 때문에 마주쳐야 하는 작고 큰 일들의 범주를 모두 아우르는 자기 성찰, 시인 자신의 병상 체험과 죽음에 대한 인식 등속을 두로 포괄하고 있다. 굳이 뉴욕이어서, 봄이 오는 길에 돌아가신 시어른이나 먼저 간 오빠의 기억이 서려 있는 것은 아니겠으나, 그처럼 산천의 정경이 다른 곳에서 느끼는 감상은 유다를 수밖에 없다. 이러한 시적 의식의 구조는, 한인 거주자들이 몰려

있는 플러싱이나 거기서 맨해튼까지 이어지는 7번 트레인 등 곳곳의 공간 환경과 매우 세미하게 연동되어 있다.

「타향살이」의 그림자조차 낯선 사람, 매일 만나는 그 사람을 화자는 한 번도 본 적이 없다고 잘라 말한다. 그것이 서구 문화의 본산이 된 그 자리에 어렵게 발붙이고 살아온 자의 토로이다. 일찍이 최인호가 쓴 「깊고 푸른 밤」에서, 얼굴 모르는 식당의 사람들과 식사하면서 함께한 그 공간을 나서면 그들은 죽음을 맞이한다는, 그들이 죽을 때까지 다시 볼 일 없다는 냉엄한 절연성이 여기도 있다. 내 나라를 떠나올 때 모국어만 가지고 온 뉴욕 한국 여자들, 화자도 그들 중 한 사람이다. 이 근본적인 심경 고백이 살아 있기에, 그의 발설은 시적 언어로 전화轉化한다.

뉴욕 사는
한국 여자들은
밤이면 밤마다
검은 옷을 입는다

젊음과
사랑의

영원한 불씨가 숨겨진
검은 옷을 입는다

가장 화려하게
가장 눈부시게
빛나는 여인으로 남기 위해
검은 옷을 입는다

링컨 센터의
휘감긴 계단을
끌며 내려오기에도

브로드웨이에서
미스 사이공의
죽음을 애도하기에도
검은 색이 제격이다

태평양 건너 오며
훌쩍 벗은 흰 치마 자락
꿈마다 깃발처럼 펄럭이는데

꼭꼭 숨어라

숨바꼭질 하느라

날마다 날마다

검은 옷을 입는다

— 「뉴욕 한국 여자 1」

  한국이 아직 참으로 어려웠던 시기, 「제3인간형」에서 안수길이 검은 옷은 인생에 대한 상장喪章이라고 했던가. 그런데 여기 이곳의 검은 옷은 그렇게 패배적인 인식의 징표가 아니다. 젊음과 사랑의 불씨를 숨긴, 가장 화려하고 눈부신 장래를 꿈꾸는, 어쩌면 소리장도笑裏藏刀의 도전적 의례를 준비하는 예복이다. 거기에 황미광 시의 힘이 있다. 젊은 날 그가 유학하며 공부했던 공부자孔夫子가 현실주의 철학자요 정치가였듯이, 그의 시는 내면의 침잠에 머물러 있지 않고 이렇게 오연한 기개로 세계 제일 마천루 땅의 심장에서 할 말을 다 한다.

  제3부 '지금 나는 마취 중이다'는, 소제목의 의미가 언표言表하는 바와 같이 시인 자신의 병상 기록을 담았다. 한국 문단에서 황미광 시의 원조를 찾아내라면, 천지간을 종횡하는 감성의 섬광을 쉽고 감동적인 시로 쓴 조병화를 떠올릴 만하고, 더욱이 조병화의 '병상일기'를

덧붙일 만하다. 황미광의 병상 또한, 시가 불러온 빛나는 광휘로 인해 그 엄청난 불안과 고통마저도 소중한 삶의 재료로 승급한다. 병명도 모르고 처방도 모르는 시간 속에서 육신의 동통과 시인의 각성이 첨예하게 맞서 있을 때, 시 속에서 길을 잃기도 했으나 시인은 결국 길고 검은 터널을 통과해 나왔다. 여기에 그의 시, 그의 신앙, 온 가족과 지인들의 갈망들은 모두 서로 표제만 다른 동류항이다.

지금 나는 마취 중이다
깜깜한 땅 속에 씨앗 하나 박혀 있듯
죽은 듯 가만히 있어야 한다

네 시간 만에 깨어나야 하는 마취가
너무 일찍도 안 되고
안 깨어나면 더욱 안 된다

정해진 시간에
모두가 기다리는 시간에
그때 비로소 깨어날 수 있는 것이다

그런데 내가 마취 중인 것을
나는 어떻게 알고 있는가

언어도 동작도 정지되고
깨어나는 것이 반칙인 세계에서

나를 마취한 자들과의 약속을 지키려면
나는 아직도 마취 중이어야 한다

허공에 글씨를 쓴다

내가 마취 중에 깨어 있음을
누군가에게 알리고 싶은데

누가 보고 있을까
                            ―「지금 나는 마취 중이다」

　강제된 의식의 분리 과정에서조차 자기 성찰의 고삐를
놓지 않았던 시인은, 심하게 말하자면 참 모진 사람이다.
그런데 그 자기 암시나 자기 최면에까지 이른 의지의 강
도強度가 생사의 경계를 넘어서는 추동력이 되었을 것으

로 짐작해 보자면, 제4부 '가을 이야기'에 담긴 반성적 관찰의 시들은 한결 마음 편하게 읽을 수 있고 동시에 시적 언어의 유장함과 감미로움도 맛볼 수 있다. 온통 바람 뿐인 가을날, 가장 자유로운 육신이 되기 위해서 스스로 낙엽이 되어야 한다는, 조락凋落과 체관의 사상도 익히고 있다.

감나무인지 몰랐던
집 앞 나무 하나

혼자 익어
가는 발길 붙잡고

배부른 가을 나무
철새 기웃대며 떠날 때

나의 가을은
당신을 위해 빈 하늘입니다

비워야 채워지는
단순한 섭리가

한참을 살아도
이리 어려운데

가을은 하늘을 온통 비우고
지나가는 구름 한 점 무심치 않고

온갖 모양으로
다듬어 줍니다

— 「가을 이야기」

이 장에서 마침내 그동안 깊이 잠복해 있던 그의 신이 등장하는 것 또한 우연이 아니다. '당신의 섭리'는 원래부터 이 시인의 가슴 한 복판에 자리 잡고 있었다. 그의 시가 시인 것은, 종교가 그 교조적 얼굴을 느닷없이 내미는 생경함을 애써 절약하고 있기 때문이다. 그것이 문학으로서의 종교가 아니라 종교로서의 문학이 가능한 지점이다. 「골고다 언덕」이나 「주례 입문」의 '주'와 기도문, 「성탄을 기다리며」의 '당신'은 그의 가슴이 따뜻한 리듬의 동계로 뛸 수 있게 하는 힘이다. 이 신앙과 문학이 조화롭게 악수하는 대목을 더욱 잘 포착한다면, 그의 시 또한 지금보다 훨씬 더 고양된 지위에 이를 것이 분명하다.

마지막 제5부 '눈이 찾아와'는, 삶과 죽음 그리고 역사적 과거와 동시대적 현실을 한 꿰미의 구슬처럼 함께 엮어 보이는 시들로 채웠다. 눈이 산을 찾아와 엄마 옆에 눕기도 하고, 평화로운 장례 풍경이 그림처럼 펼쳐지기도 하는데, 시인의 생각으로는 삶의 부산과 죽음의 침묵이 결코 결이 다른 이질적인 것이 아니다. 그 생각을 더 확장하면 역사가 멈추어 선 백마고지, 1950년 한국전쟁의 학도병들, 우리 시대의 천안함 폭침에까지 반경의 원심력이 이른다. 그리고 시인은 이 사실史實들과 더불어 문학 수업을 하고 이민 백년사도 쓴다.

백년을 몇 번 뛰어
정철 윤선도가 돌아온다
황진이, 성삼문도 들어온다

윤동주, 한용운, 이상화도 불러놓고
이땅에서 우리는 애국자가 된다

선죽교에서
베이징에서
후꾸오까에서

사라진 이름

오늘 저 교실 뒷자리에 앉아
빙긋이 웃고

하늘은 그날처럼 푸른데
이대로 수업을 마쳐도 될까

조상을 닮아 순한 아들딸들아
너희들의 외로운 발자국마다

더 외로웠던 사람들이
함께 손잡고 가니

꿈을 잃지 말아다오
아름다웠던 그들처럼

조용히 떠나는 뒷모습 보며
오늘 수업은 여기까지

—「문학 수업」

어느 교수가 미국 강단에서 이토록 절절히 한국의 역사와 문학을 붙들고 있을까. 시인은 참으로 고집불통의 고국지향주의자, 애국자이다. 이 시집 전반에 걸쳐 강고한 신념처럼 조국애와 고향의식이 범람하고, 잊을 수 없는 향수처럼 모국어와 가족친화력이 응결된다. 거기에 삶에 대한 열정과 성실, 미래지향적 의지와 신실한 믿음이 함께 하고 있으니 가히 금성철벽의 인물이다.

그런데 생활인 황미광이 아니라 시인 황미광이기로 한다면, 바로 그 강철 방패의 완벽주의가 가장 큰 허점일 수 있다는 사실이다. 현실적 삶의 소재가 예술적 카타르시스를 거치지 않고서는 결코 돌올한 문학의 미학적 가치를 담보할 수 없기에 그렇다. 바로 이 조항이 향후 황미광 시의 과제가 되리라 여겨진다. T.S.엘리엇은 「황혼」에서, '황혼은 하늘에, 침대 위에 마취된 환자와 같이 펼쳐졌다'고 적었는데, 그 낙조의 희미하고 부드러운 이미지는 마취 중에도 예지에 찬 관찰력을 놓치지 않는 황미광의 시가 참조해 볼 만한 구절이다.

하지만 넘치는 일상생활의 분주를 헤치고 들끓는 의욕에 자기 절제의 주문을 부가하면서, 이를 한 권 분량 시집의 언술로 발양한 황미광의 세계는 누가 뭐래도 오늘날

우리 삶의 한 귀감이다. 그가 이민 백년사를 쓰면서 깜빡 잠이 들어 백년 밀린 꿈을 꾼 그 시적 표현처럼, 그의 시도 앞으로의 백년을 꿈꾸며 한 걸음씩 값있는 언어의 주술을 엮어나감으로써, 우리에게 지속적으로 좋은 문학을 만나는 귀한 기쁨을 선사해주었으면 한다.